El detective deductivo

Por Brian Rock

Ilustrado por Sherry Rogers

Pato, el detective deductivo, estaba sentado junto a su escritorio cuando el teléfono sonó trayendo un mensaje urgente: ¡Alguien se robó uno de los pasteles del concurso de pasteles!

¡El detective deductivo Pato toma el caso!

Cuando el detective Pato llegó, Búho, el velador nocturno, lo llevó a la escena del crimen. Ya todos los trece pasteleros se encontraban ahí. Zorro estaba sentado en una silla llorando, "¡Alguien se robó mi precioso pastel!".

"¿Quién *puuudo* haberlo robado?", preguntó Búho.

El detective Pato miró la escena del crimen y dijo, "¡Uno de estos doce pasteleros se robó ese pastel! Pero resolveré este caso en un dos por tres. Yo encontraré pistas para descartar a cada sospechoso hasta que sólo quede uno".

ele...
gallo
mapache
mono
~~ratona~~
tigre
vaca

"¡Ajá!", exclamó Pato señalando a los pasteles que sobraban. "Miren lo pequeño que es este pastel".

"Ese es mi pastel", dijo Ratona. "Yo no pude hacer un pastel más grande porque para mí, sería grandísimo cargarlo".

"Y es por eso que tú no pudiste haber robado el pastel", explicó Pato.

"Eso", dijo Ratona "y porque a mí sólo me gusta el pastel de queso".

12 sospechosos
- 1 ratona
11 sospechosos

alce
caballo
canguro
erdito

"Veamos", dijo Pato "¿a qué hora
fue que se robaron el pastel?".

"Se lo robaron al amanecer cuando
fui a desayunar", dijo Búho.

"Eso significa que tú no pudiste haber robado el pastel", dijo Pato señalando a Gallo. "Yo te oí cantar al amanecer, entonces, no pudiste haber estado también aquí. Así que, vete a volar".

"Bien", dijo Gallo. "Tengo otras *ki-kiri-kí* cosas que hacer".

11 sospechosos
- 1 gallo
10 sospechosos

"¿Y qué hay de estas puertas?", preguntó Pato señalando a las puertas dobles al frente del salón. "¿Estaban cerradas cuando se robaron el pastel?".

"*Induuudablemente*, ¿quién más podría tener las llaves?", respondió Búho.

"Entonces, Elefante no es nuestro ladrón", dijo Pato "porque la única manera en que él puede entrar a este cuarto es a través de estas dos puertas".

"Es porque soy de la realeza", dijo Elefante. "Vengo de una extensa dinastía de Tudor".

10 sospechosos
- 1 elefante
9 sospechosos

"¿Y qué es ésto?", dijo Pato mientras miraba fijamente la mesa de los pasteles.

"Parece ser un mechón de pelo", dijo Búho. "¡Y miren! ¡Hay más en la cocina! ¿Quién puuudo haberlos dejado?".

"Definitivamente, no fue Cisne", dijo Pato. "Los cisnes tienen plumas, no pelaje. Así que, Cisne no puede ser nuestro ladrón".

"Por supuesto", dijo Cisne. "La única cosa que me he robado es la destacada escena en el *Lago de los Cisnes*".

```
  9 sospechosos
- 1 cisne
  8 sospechosos
```

"Parece ser que nuestro ladrón se escapó por la cocina", dijo Pato mientras seguía los mechones de pelo en el piso. "Aquí esta oscuro. ¿Esas luces han estado apagadas toda la noche?".

"Sí", contestó Búho.

"Pero uno de nuestros sospechosos jamás entraría solo a un salón", dijo Pato "y es por eso que Caballo es libre para correr como un rayo a su casa".

"Es verdad", dijo Caballo. "No soy el favorito del concurso".

8 sospechosos
- 1 caballo
7 sospechosos

"Ahora, vamos a aclarar este caso", dijo Pato mientras abría las puertas de la cocina y prendía las luces. "Miren todas esas ollas y cacerolas colgando del techo".

"¿Quién sabía que teníamos tantas ollas *uuu* cacerolas aquí?", preguntó Búho.

"Y ninguna de ellas se ha caído, lo que significa que nuestro amigote con cuernos Alce, no ha estado por aquí recientemente".

"Correcto", dijo Alce. "Yo no he estado aquí desde que me acabé mi pastel de c-alce-tose de chocolate".

7 sospechosos
- 1 alce
6 sospechosos

"Miren, ahí en el piso", observó Pato.

"¿Se refiere a la harina derramada?", preguntó Búho.

"Sí", contestó Pato "nuestro ladrón derramó una bolsa de harina y arrastró su cola en ella".

"Pero Cerdito no tiene una cola larga", dijo Pato "así que, él no pudo ser el glotón del pastel".

"Yo no sé ni para qué me inscribí a este concurso", dijo Cerdito. "Nunca sucede nada bueno cuando estoy tocin-ando".

6 sospechosos
- 1 cerdito
5 sospechosos

"La huella de harina nos lleva hasta aquí", dijo Búho señalando a la barra.

"Lo que significa que, quien se haya robado el pastel, saltó aquí arriba antes de irse", explicó Pato.

"Pero está muy alta para saltarla si eres una vaca", dijo Pato. "Así que Vaca, está libre para conti-*muuuar* a su casa".

"Yo probablemente no debería mencionar esto", dijo Vaca. "Pero una vez, mi tatarabuela se saltó la barda".

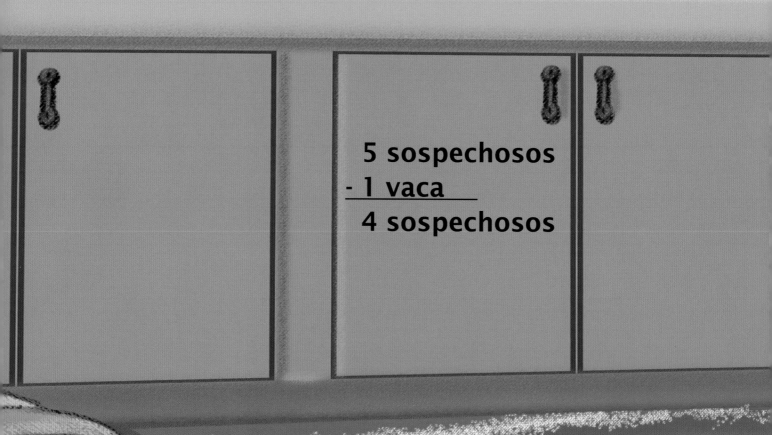

5 sospechosos
- 1 vaca
  4 sospechosos

4 sospechosos
- 1 tigre
3 sospechosos

"Por esta ventana debe haberse escapado", observó Pato.

"¿*Uusted* o quién?", preguntó Búho.

"¡El ladrón!", contestó Pato. "Y al salir, dejó la huella de su mano en el umbral".

"Lo que me indica que Tigre, no pudo ser nuestro ladrón", dijo Pato "porque los tigres tienen patas, no manos".

"Y yo tengo garras en mis patas", dijo Tigre. "Es por eso que yo siempre cocino con mucha "garra".

"Miren la ventana", dijo Pato.

"¿Qué con eso?", preguntó Búho.

"Es un espacio pequeño para meterse", contestó Pato "especialmente, si eres un canguro".

"Entonces, Canguro está libre para brincar hacia su casa".

"Ahora puedo ir a limpiarlo", dijo Canguro.

"Pablito tiene polvito".

3 sospechosos
- 1 canguro
2 sospechosos

"Bien, ¿hacia dónde nos lleva este rastro?", preguntó Pato mirando fuera de la ventana. "Es muy extraño que no haya huellas en el piso", notó Búho.

"Lo que quiere decir que, nuestro ladrón debe haberse balanceado de árbol en árbol para poder escapar", dijo Pato.

"Lo que es muy difícil hacer", dijo Pato "si eres un mapache".

"Por supuesto que soy el último sospechoso
en ser descartado", dijo Mapache. "Sólo porque
tengo máscara, todos piensan que soy el ladrón".
"Esto significa que, nuestro ladrón únicamente
puede ser . . . "

$$\begin{array}{r} 2 \text{ sospechosos} \\ \underline{- 1 \text{ mapache}} \\ 1 \text{ ladrón} \end{array}$$

"¡Mono!", dijo Pato señalando al ladrón. "La única pregunta que queda por hacer es ¿por qué te lo robaste?".

"No pude evitarlo", dijo Mono mientras Búho lo agarraba del brazo. "¡Era un pastel de crema de bananas!".

Para las mentes creativas

Razonamiento deductivo

El razonamiento deductivo es un término para contestar una pregunta utilizando los hechos y la lógica. El detective Pato utiliza los hechos y la lógica comunmente conocidos para comprobar que algunos de los animales no pueden ser los ladrones. Por ejemplo: El detective Pato observa que la ventana por la cual escapó el ladrón es pequeña. Él también sabe que Canguro es más grande que la ventana. ¡Así que, lógicamente, puede comprobar que Canguro no es el ladrón!

¡Tú también puedes ser un detective deductivo! ¿Puedes contestar estas preguntas y describir cómo sabes la respuesta? Hacer un razonamiento deductivo es ser capáz de explicar por qué algo es verdadero utilizando hechos o información. ¿Cuáles son los hechos que tú utilizaste para contestar las preguntas?

- Si estás tomando el desayuno, ¿qué hora del día piensas que es? ¿Por qué?

- Si está oscuro y prendes la luz para poder ver, ¿es de día o es de noche? ¿Por qué?

- Si te despiertas para ir al baño y regresas a dormir, ¿es de día o es de noche? ¿Por qué?

- Si las personas traen puestos unos impermeables y llevan sombrillas que están mojadas, ¿cuál es el clima? ¿Por qué?

- Si encuentras una pluma, ¿proviene de un ave, de un mamífero, o un reptil? ¿Por qué?

- Si dejan una toalla mojada en un locker de mujer, ¿piensas que la dejó un niño o una niña? ¿Por qué?

- Si falta una galleta y tu hermano pequeño tiene migajas sobre su camisa, ¿quién crees que tomó la galleta? ¿Por qué?

- Si tu hermana pequeña tiene un bigote de leche, ¿qué crees que estaba bebiendo? ¿Por qué?

- Si tienes prendido el aire acondicionado en tu casa, ¿piensas que es verano o invierno? ¿Por qué?

- Si llevas puesto un traje de baño y vas a la playa a nadar, ¿qué estación del año es? ¿Por qué?

- Si es el último día de clases del año escolar, ¿qué mes es? ¿Por qué?

Compara y contrasta a los animales

Compara y contrasta a los animales sospechosos:

Todas las aves tienen plumas. ¿Cuáles animales son aves?

Algunos animales son activos durante la noche y duermen durante el día (nocturnos). ¿Cuál animal es nocturno?

¿Cuáles animales vuelan, saltan, y caminan para desplazarse de un lado a otro?

¿Cuáles animales tienen cuatro patas?

¿Cuáles animales utilizan sus patas frontales como brazos y manos?

¿Cuál animal tiene una trompa?

¿Cuál animal tiene cornamentas?

¿Cuáles animales tienen cola?

¿Cuáles animales son grandes y cuáles son pequeños?

¿Cuáles animales puedes encontrar en una granja?

¿Cuáles animales pueden vivir en tu patio posterior?

¿Cuáles animales podrías ver en un zóologico?

Aves: gallo y cisne. **Nocturnos:** mapache. **Se mueven,** vuelan: gallo y cisne; saltan: canguro; caminan: todos los demás. **Cuatro patas:** vaca, elefante, caballo, canguro (las patas frontales son cortas y únicamente se utilizan para moverse lentamente y para comer o como brazos), monos (como el canguro, los monos utilizan sus patas frontales para moverse y como brazos), alce, ratón, cerdo, mapache, tigre. **Patas frontales como brazos y manos:** canguros, monos y mapaches. **Trompa:** elefante. **Cornamentas:** alce. **Colas:** todas, pero la forma y el largo son todas diferentes. **Grandes:** vaca, elefante, caballo, canguro, alce, cerdo, cisne (puede ser tan grande como un humano adulto), tigre. **Pequeño:** mono, ratón, mapache, gallo. **De granja:** vaca, caballo, cerdo, gallo. **Patio Posterior:** ratón, mapache, y tal vez, alce dependiendo de dónde vivas. **Zóologico:** elefante, canguro, mono, alce, y tigre.

Library of Congress Cataloging-in-Publication Data

Rock, Brian, 1966-
  El detective deductivo / por Brian Rock ; ilustrado por Sherry Rogers.
      pages cm
  Summary: "Someone stole a cake from the cake contest--who could it be? Twelve animal bakers are potential suspects but Detective Duck uses his deductive reasoning skills to 'quack' the case"-- Provided by publisher.
  ISBN 978-1-60718-708-0 (spanish hardcover) -- ISBN 978-1-60718-649-6 (spanish ebook (downloadable)) -- ISBN 978-1-60718-661-8 (interactive english/spanish ebook (web-based)) [1. Logic--Fiction. 2. Ducks--Fiction. 3. Animals--Fiction. 4. Mystery and detective stories. 5. Spanish language materials.] I. Rogers, Sherry, illustator. II. Title.
  PZ73.R6252 2013
  [E]--dc23
                                    2012031346

Deductive Detective: título en Inglés
El detective deductivo: título en Español
Traducido por Rosalyna Toth

Elaborado en China, diciembre 2012
Este producto se ajusta al CPSIA 2008
Primera Impresión

Sylvan Dell Publishing
Mt. Pleasant, SC 29464
www.SylvanDellPublishing.com